ANNA

Copyright © 2015 Otávio Furman

Editores
Marcelo Nocelli
Rennan Martens

Capa e Projeto Gráfico
Paula Astiz

Editoração Eletrônica
Laura Lotufo / Paula Astiz Design

> Dados Internacionais de Catalogação na Publicação (CIP)
> Bibliotecária Juliana Farias Motta CRB7- 5880
>
> F986a Furman, Otávio
>
> Anna / Otávio Furman . – São Paulo : Reformatório, 2015.
>
> 96 p. ; 12 x 18 cm.
>
> ISBN 978-85-66887-14-3
>
> *Originais de transcrições, anotações de e-mails, mensagens e grupos de discussão pela internet.*
>
> 1. Literatura brasileira. 2. Contos brasileiros. 3. Ficção brasileira. 4. Correio eletrônico. 5. Grupos de discussão pela internet. I. Título.
>
> CDD B869.8
>
> Índice para catálogo sistemático:
> 1. Literatura brasileira
> 2. Contos brasileiros
> 3. Ficção brasileira
> 4. Correio eletrônico
> 5. Grupos de discussão pela internet

REFORMATÓRIO

Todos os direitos desta edição reservados à:
Editora Reformatório Ltda
São Paulo SP

Agradecimento às sugestões de Anna, Thais Lancman, Roberto Comodo e, especialmente, a Rennan Martens.

Dedicado a Lotte, Ignatz e MS, nosso *Lamed Vovnik*.

7	PREFÁCIO
15	A VIAGEM
29	O NEGÓCIO
39	O MOVIMENTO MESSIÂNICO
45	SOLILÓQUIOS
49	ESTELIONATO
55	DIN TORÁ
63	SARAH
69	MENDES SILVA
77	BETSABÁ
81	AO SOM DE T. REX
85	LAUDOS
89	A INTERDIÇÃO

PREFÁCIO

Essa história começou há quatro anos, em forma de pesquisas, anotações, transcrições de e-mails e mensagens, muito do grupo de discussão mantido por três personagens e que, com ajuda, se transformou em modestos mas honestos contos.

Há quatro meses recebo:
"Seu e-mail acabou de chegar bem na hora em que estava checando os originais para enviá-los para análise amanhã.
Obrigado pelo interesse em nossa editora.
Vamos conhecer o texto e entraremos em contato em breve."

Espero que o livro não seja levado muito a sério.

Como escreve Agustin Mallo no prefácio de *Nocilla Dream*:

"Algumas histórias e certos personagens foram diretamente extraídos dessa ficção coletiva que comumente chamamos realidade. O resto, daquela outra ficção pessoal que costumamos denominar imaginação.

Assim, o leitor terá encontrado biografias reais e públicas desviadas do original, e biografias fictícias que foram convergir na trajetória de outras reais".

"Rever o texto, suprimindo as claras expressões de desafeto.

Notadamente na página doze, há a clara intenção do autor de expor fatos, situações e personagens que normalmente não são usuais nesse tipo de manifestação literária.

A retirada ou revisão desse trecho é importante para isentar o livro de um explícito conflito que não agrega qualquer valor informativo, não acrescenta nada de bom para o leitor.

Feito isso, assumir como ficção.

Não havendo uma motivação muito especial para produzir o livro, repensar o momento ideal de lançar."

A VIAGEM

"Isso não faz bem para a alma", pensava nessa frase do Saul Bellow, preso no carro há horas, no que já foi a praça da Paineira, agora um cruzamento de três avenidas, um túnel e dois viadutos, via o trânsito de São Paulo: feio, sujo, agressivo.

Vinha me tornando, também por isso, tinha consciência, repetitivo, repertório cada vez menor, três temas:

Karoshi, palavra japonesa: o esforço literalmente mortal do salmão para desovar subindo correntezas, pulando cachoeiras: tinha uma vida quase que só profissional, trabalhava num prédio público primeiro longamente abandonado e depois definitivamente em obras, desorganizado, pacientes e britadeiras, dormindo pouco, almoçando sanduíches, enfrentando esse trânsito.

Luto, que é sintoma, diminui mais o repertório.

Literatura, interesse antigo, enraizado: os irmãos Grimm, Júlio Verne, os russos do século dezenove. Benno dizia que Proust o afastava da realidade.

Nos últimos oito meses as mesmas músicas, filmes, livros. Ele estava no Caminho de Guermantes, eu no Caminho de Swann.

No silêncio do fim da obra e do fim do dia, sem o forro do teto, escutava, na sala ao lado, um colega, faxineiro, vendendo um par de sapatos, "para o casamento", a serem pagos em um mês.

Na sala de espera uma paciente se queixando com a mãe, pelo celular, do atraso da consulta, "desde o meio-dia esperando, com medo de pegar o ônibus, a essa hora, para o Taboão".

Então atendo a última consulta, "um caso burocrático": engenheiro, 48 anos, três filhos, um derrame, todo torto, não consegue um laudo médico que ateste isso.

Anotei: *ilunga*, palavra africana: um conceito sobre o número três, três vezes, tentativas, chances. Escrevi então para um antigo amigo pela terceira vez, depois de duas sem resposta.

No caminho do colapso.

A viagem: ter-me visto sozinho, mais impossível, no meio de mil colegas médicos em um congresso em Buenos Aires, a fuga do hotel em Puerto Madero, até a Recoleta, bela cidade, e numa Pajero, detalhe sugerido por Anna, até Ushuaia.

Dias depois, primeiro em Bariloche, voltei a escrever.

Fiz uma pesquisa sobre o refúgio de Salinger, o escritor preferido de Benno, por cinquenta anos em Cornish.

Sobre Buddy Glass, segundo de sete filhos de um casal de atores, dois mortos, Walt na Segunda Guerra e Seymour por suicídio, na sua lua de mel, mãe protestante irlandesa e pai judeu australiano, Bessie e Les, Nova York, rua 42, década de 1940, professor em uma escola rural, budista, vegetariano, escritor, seu personagem em *Pra cima com a viga, moçada!* e em *Seymour – uma introdução*, o narrador em *Zooey* e autor de *Um dia perfeito para os peixe-bananas* e do *Apanhador*.

Personalidade muito parecida com a do Benno.

Sobre escritores reclusos: Lautreamont, Bruno Schulz, Nietzsche, B. Traven, Canwell, Philip Roth por dez anos em Massachusetts, Thomas Pynchon, Bolaño, Archimboldi.

Sobre colapsos: alterações profundas e irreversíveis de consciência, ânimo, humor e comportamento, frequentes, intensas, com suas oscilações, ressonâncias, tecidas em conjunto.

Dois mil quilômetros, uma pousada na Patagônia e os clichês: bosques, lagos, vulcões, geleiras, raposas, condores, em Appaloosa, antigo rancho de Linda e Paul MacCartney, sob forte influência de um Green Label, presente de Ignatz, e de um fumo uruguaio, de um companheiro de caminhadas, escrevo para Anna, em Cusco: estou com dificuldade de encaixar seus pedidos no texto, estar nevando, verem um filhote de Ibex, absinto e uma noite de sexo selvagem.

Aguardo sugestões.

Querida.

Domingo, em silêncio, pela primeira vez, depois de dois meses, voltamos ao cemitério: pequenas pedras e velas acesas sobre o granito com o seu nome e as datas 1990-2010, Lotte e Anna rezaram o *Kaddish*.

Pesquisas!

Pedras são colocadas sobre túmulos desde sempre.

Há túmulos pré-históricos, as pirâmides, a tumba de Raquel há quatro mil anos em Belém.

Pedras como proteção física contra animais, sinalização do local, homenagem e, no judaísmo, como forma de se caracterizar o fim do luto: a cerimônia da descoberta da *Matsevá*. O terreno só de terra. "Do pó viemos, ao pó voltaremos".

Kaddish, palavra aramaica: a reza central fúnebre da tradição judaica desde o século quatorze, não para o morto, como eu pensava, mas para Deus, para não se afastar dele nessa situação.

Lotte e Anna rezaram no enterro e na *Shivá*, na cerimônia da *Matsevá* o *Kaddish* foi rezado coletivamente.

Termina com uma "súplica": *Osheh Shalom*.

No dia seguinte, no consultório, cochilando, acordo no meio de um sonho, o último com Benno: de barba, rosto colado ao meu, reclamando: você não me dá atenção. E também um último beijo.

Editores não leem o que publicam e livreiros não leem o que vendem.

A resenha do livreiro: Um livrinho simpático sobre um problema de saúde que o autor teve muito jovem.

O e-mail de uma amiga: Acabei de ler o seu livro pela terceira vez.

Não, o livro não é sobre o Benno, nem sobre a morte dele, é sobre perdê-lo.

Os capítulos nem deveriam ser numerados, não há sequência, são fragmentos de perplexidade.

Li três vezes. Na primeira obedeci a ordem imposta pelo hábito, depois elegi outras prioridades: seus textos, os dele, as fotos. Como se quisesse encontrar algum sentido, uma chave.

Os *Contos Suicidas*, uma foto onde ele sorri lindamente.

Lembrei da nossa conversa sobre o apartamento da Consolação, onde se passam os contos.

Reencontrei Benno no livro, não achei sentido, nenhuma chave.

A perda é um absurdo, não há sequência.

Que bom que você não ensina nada, só sofre, orgulhoso do Benno, humilde de dor.

Lotte no enterro e Anna na *Shivá* do primo, também dezenove anos, acidente de carro. E o Vitor Gurman, atropelado na calçada!

Como compreender isso? É o tema do Philip Roth em *Indignação e Nemesis*, "um exílio eterno, uma viagem através do absurdo".

E a última conversa com o médico? Que ele teve um tipo especialmente grave de câncer e morreu. Simples assim, "um fato biológico".

"Para as finalidades deste texto", depois de dez dias de um mochilão com as irmãs, Anna poderia ficar mais tempo no Peru, em Puno, em frente ao lago Titicaca, com um certo coronel romeno, Hermes Popescu, eu há um mês na Patagônia, um comportamento muito fora do padrão dos dois, inverossímil segundo Ignatz, amigo e editor, a quem este livro é dedicado, um antigo ator shakespeareano, a primeira escolha do Coppola para dom Corleone, papel, aliás, do qual ele nunca conseguiu sair, que "dava a impressão de ser um comerciante que pouco ligava para a literatura" e me convenceu a "voltar atrás", Anna não vir do Peru mas eu me envolver com uma jovem em Bariloche e ter de fugir, "como o personagem do Coetzee em *Desonra*".

E mais para o sul? Neblina de cristais, a aurora austral.

Ou São Paulo, o mesmo cenário urbano desde a infância?

"Sugiro incluir Dalton Trevisan, Rubem Fonseca e Raduan Nassar na lista dos escritores reclusos".

O NEGÓCIO

Maurice Khmeso, migrante *sefaradim* de Salônica, viveu em São Paulo no bairro do Bom Retiro, na década de 1920 (de geração em geração, *le dor, va dor*), como um marrano, um tipo ainda especial de marrano, em vários aspectos.

Tinha, na meia-idade, uma vida pública de homem casado, pai de dois filhos adultos, próspero comerciante de seda, católico "só de missas aos domingos", e uma vida privada como barão da *Zvi Migdal* e praticante do *Sabbatianisno*.

O grupo, judeus ortodoxos que, desde o século dezessete, tem Shabbatai Zevi, um cabalista convertido ao islamismo no sultanato otomano de Mohamed 4, como o Messias.

Ismirli, o apelido de Maurice, vinha de Esmirna, sua família mantinha estreita relação com os círculos dervixes, ordens sufistas, especialmente os Bektasi.

A história é longa, há dissidências como a dos Jacoblar, seguidores de Jacob, o querido, um primo de Zevi, que também se revelava o Messias e também é importante trazer um detalhe relativo a esse ramo, o chamado incidente Mehmet Rustu, nome de um célebre membro que divulgou o fato de não aceitarem o Sétimo Mandamento (Não cometerás adultério), terem "outra interpretação", de praticarem a troca de esposas.

A conversão, ou "apostasia", de Zevi, é interpretada como uma "missão secreta" empenhada com um "propósito místico".

Ignatz Zorlu era um antigo ator shakespeariano, fundador da editora Zvi, no Rio de Janeiro, em 1926, envolvido em processos na justiça civil e na justiça criminal, na brasileira e na polonesa, e com um *Din Torá*, uma história que também tinha a ver com "reconversão".

A editora, apesar de existir, ser sofisticada e lucrativa, era uma "fachada".

O grande negócio era sua participação na *Zvi Migdal*, a Organização Negra, a Grande Força, a rede de casas de prostituição de judias da Europa Central nas grandes cidades do mundo. Ele mantinha quarenta bordéis com trezentas prostitutas em Santos e em São Paulo, "seiscentos clientes por semana, jornadas de doze horas".

E mesmo isso, também era outra fachada.

A *Zvi Migdal* mantinha escritórios em Buenos Aires, Rio de Janeiro, Nova York, Londres, Paris, Berlim, Moscou, Xangai, e era, para Ignatz, ainda só a "base" para o seu real negócio.

Anna Lodz veio de gerações de, por um lado, judeus cosmopolitas como Freud e Schnitzler em Viena, e pelo outro, de adoradores de rabinos milagrosos dos *shtetls* da Bessarabia, fugindo dos *pogrons*, ficando viuva em Buenos Aires, com dois filhos pequenos.

Chegou em São Paulo chamando atenção pela beleza e, especialmente, pelo contraste com o resto da comunidade analfabeta, por sua cultura, tendo sido cantora lírica. Acabou recomeçando sua vida como polaca.

Suas amigas iam da casa dos pais para a América, para a China, com estranhos, aos treze, dezesseis anos, foram machucadas, estupradas, algumas vieram literalmente em jaulas, eram exibidas nuas e vendidas. Anna presenciou esses leilões.

Nessa parte da história ela comandava o "voluntariado", as mulheres que administravam as sinagogas e o cemitério, que eram mantidos à parte.

O convívio era proibido tanto fora como dentro da comunidade.

Na entrada dos dois, a sinagoga na rua dos Italianos, um edifício de três andares com jardim, salão de festas, teatro, restaurante, escritórios, e o cemitério em Cubatão, estava escrito em mármore, *cheised chel emes*: caridade de verdade.

Falavam *ídiche*, comiam *kasher*, tinham o *shabat, brit milás, bat* e *bar mitzvás*, casamentos, *shivás, matsevás*. Com exceção da prostituição, viviam totalmente de acordo com a *Halachá*.

Segundo o Deuteronômio: Não há prostitutas entre as filhas de Israel.

Anna, numa reunião semanal da Sociedade de Auxílio Mútuo, de segundas, quando Maurice e Ignatz se encontravam com o "rufião anarquista melancólico" nas terças, ou nas terças, se ao contrário, ficou sabendo, ou sendo informada, ficou em dúvida em relação a isso, do "negócio".

Ficou primeiro impressionada com a referência à Maurice ser um *Lamed Vovnik*, não escutava essas palavras há décadas, desde a boca da sua avó.

Do fato, segundo o melancólico, dele ser "um dos trinta e seis Justos Ocultos" e "da necessidade de fazer dele o Messias".

Não entendeu então da relação da coisa com o pedido à Prefeitura da reativação do cemitério de Cubatão. Formalmente tinha a ver com a "dignificação" dos túmulos, custeada pela venda da metade do terreno que está livre.

Apareceram "entraves", houve uma "condição" por parte da *Chevra Kadisha*, a sociedade religiosa responsável pelos cemitérios: separar o túmulo das polacas (e dos seus filhos e maridos) do resto do terreno por, "no mínimo", uma cerca viva.

"Meio metro de altura já estava bem".

"Para preservar a história sem chocar, nunca por preconceito".

Aceitar seria uma forma de não entrar em atrito com os ortodoxos, que exigiam o enterro de prostitutas e suicidas junto, ou até atrás, do muro do cemitério, e poderiam "chamar a atenção para a coisa".

Hoje há uma porta trancada, uma campainha, uma funcionária que precisou também de dois telefonemas e uma hora de espera para abrir, falando que "ninguém, nunca, vem aqui".

O cemitério ficou cercado por uma grande favela, "controlada por uma milícia que, foi bom vocês virem, está pedindo dinheiro".

Algumas pedras ainda com os nomes e datas legíveis. Nós procurávamos por uma.

O MOVIMENTO MESSIÂNICO

Registros da passagem de MS na Terra existem desde a pré-história na forma de pinturas rupestres nas cavernas de Aleppo e se tornam abundantes em certos locais e certas épocas.

No ano zero ele aparece entre nós como Menachem, o essênio, como Tendas em 44, Gamaliel da Galileia, Bar Kochba, Moisés de Creta, Isak bem Ia'kub, Obadiah Abu, Serene, David Elroy, Abraão Abuláfia, Nissim bem Abraham, Moisés Boturel de Cisneros, Reuveni, Salomão Molko, Isaac Luria, Sabatai Zevi, Jacob Frank, Menachem Mendel Schneerson.

O último surto messiânico foi na década de 1980.

Na Galileia, no primeiro século, encoraja os homens a segui-lo até o rio Jordão. Era considerado o Messias, mas não filho de Deus.

— Eu vou sacudir os céus e a Terra e destruir reinados.

Com a rápida adesão de milhares de pessoas, o pequeno grupo inicial torna-se uma minoria e, no Primeiro Concílio de Niceia, na Anatólia, cidade greco-romana, em 325, convocado pelo imperador Constantino I e pelo papa São Silvestre, presidido pelo arcebispo de Córdoba, com forte influência hierárquica dos bispos orientais Alexandre de Alexandria, Eustáquio de Antióquia (o lutador mais vigoroso contra os arianos), Maceiro de Jerusalém e Eusébio de Nicomédia sobre os 318 participantes, são expulsos e, com a destruição dos palácios, MS só reaparece durante as Cruzadas.

Antes disso, concílios posteriores proibiram o *Pessach*, o *Shabat* e a *Matzá*.

Por várias vezes, desde Canaã, nas Congregações, ele exerceu o cargo de Grande Penitenciador: "Deus quer impedir o mal, mas não é capaz?

Então ele é impotente. Ele é capaz, mas não está disposto? Então ele é malévolo.

Ele é capaz e disposto? De onde vem o mal?"

O movimento messiânico mais importante, propagado a partir da academia do clube Hebraica e do bar Ritz da alameda Franca em São Paulo, tem MS como um *Lamed Vovnik*.

Os *Lamed Vovniks* são, a cada geração, trinta e seis justos, *Tzadikim Nistarim*, do hebraico: justos ocultos.

Sua principal virtude é a *awavah*: humildade. São os "pilares do mundo", sem eles cidades como São Paulo seriam parecidas com Sodoma e Gomorra.

A origem histórica é o Gênesis, o trecho onde Deus diz a Abraão que encontrasse um número de pessoas justas como condição para salvar as duas cidades.

Um deles é o *Mashiach*: o consagrado. Refere-se ao livro de Daniel, à profecia do anjo Gabriel da vinda de um descendente do rei David.

MS não escreve nada sobre a sua teologia, o que conhecemos são anotações dos *hasidim*, feitas muitas vezes sábados à noite, depois dos encontros no Ritz, onde congregamos, e onde há, e é importante ser humilde nisso, uma liturgia muito pouco detalhada, quase nada, e o pouco, confuso, contraditório, em parte consequência do álcool.

Sábados, 19:15, um Red Label para os homens (e não um uísque melhor como voto de humildade) e um Mojito, Margarita ou vinho, ou tudo isso, para as mulheres, e raramente um conhaque no fim, em ocasiões especiais, exclusivamente para o *Lamed*, momentos de epifania.

Na pauta, antes da bebida: nossas famílias, os amigos em comum, o trabalho, viagens, filmes, livros; e depois, sexo: o escândalo Dominique Strauss-Kahn, a entrevista da Sandy na *Playboy*, o contrato pré-nupcial da Jacqueline Bouvier Kennedy Onassis.

Um privilégio.

SOLILÓQUIOS

Do latim, *solus loquor*, falar sozinho.

Forma singular de monólogo. Um personagem enuncia em voz alta diante de outros, embora ignore a sua presença, não espera resposta, não há intercâmbio, interlocutor, mediações.

— Já sei o que vou comprar..., vou deixar a porta aberta..., vou beber água e separar a roupa..., é melhor telefonar..., *tomorrow and tomorrow and tomorrow..., to be or not to be: that is the question.*

Anna vinha sendo acomedita disso.

Um infortúnio.

ESTELIONATO

De acordo com o Código Penal é um crime econômico, definido como "obter, para si ou para outro, vantagem ilícita, em prejuízo alheio, induzindo ou mantendo alguém em erro, mediante artifício, ardil ou qualquer outro meio fraudulento".

"E agora, o que é que você vai fazer?"
Me chicotear.
"Você foi meio *schmock*, né?"
Segundo Ignatz: eu não sou desse meio, nunca tive nenhuma relação com cartório, não piso num banco há anos.
Mas sim, fui muito *schmock*.

"Vão-se os dedos, ficam os anéis. Ou é o contrário?"
A Anna usou a mesma frase. Ou a contrária.

"Entra com uma ação contra a dona da conta."

Não. Um infortúnio: vou precisar contratar advogado, ir em delegacias, em fóruns, essas pessoas então, se forem pegas, não vão ter dinheiro nenhum para me devolver.

"Que raiva."

Vou escrever um conto sobre isso.

"Melhor não. Melhor nem comentar."

Sugestões então: "ir na delegacia", se conformar e só "assustar falando em monitoramento", "xingar", principalmente o "advogado", ou perguntar para ele sobre as várias vezes que mencionou Deus.

"Ninguém paga, e se sim, no cartório."

E amanhã, se eu depositar mais novecentos, eles me devolvem tudo.

"O cara ligou mais?"

Ligou e, como ele falava muito em Deus, perguntei se ele era religioso e ele me respondeu, disse que muito!

Aí perguntei se com novecentos era certeza que tudo se resolveria, já que as taxas diárias atrasadas já somavam 14.400!, e ele garantiu que sim, deu sua palavra de honra e aí falei que só tinha setecentos e cinquenta e ele, para provar sua boa vontade, colocaria, do próprio bolso, a diferença e aí, não sei por que, comecei a xingar e ele me disse que não era obrigado a escutar isso e desligou no meio de um filho da puta da minha parte.

"A gente odeia ele."

No começo da tarde, consultório cheio, Anna e Lotte em Portugal, me liga a secretária do Segundo Cartório de Protestos de Suzano me falando de um processo de 3.500 de uma revista eletrônica que, se pago evitaria Serasa, advogados.

Ligo para a revista, me atendem e encaminham para o departamento comercial.

Entro na revista e vejo meu anúncio.

Deposito "em juízo" no nome da "cartorária".

No mesmo dia me liga o "advogado" se desculpando pelo erro da secretária, "já advertida", mas eram dois anos de anúncio, ou senão precisariam de meses para me devolver o dinheiro.

E aí, no dia seguinte me liga a "cartorária" e as taxas.

Dia seguinte nova taxa e, já tinha entrado na internet, liguei para o Ignatz.

Não sei, continuando, se mérito meu, falei em cheque, ideia que o bandido considerou, já que eu estava com a taxa de dois dias atrasada e, talvez ficção ou de fato, "iam, generosamente, compreendendo a minha situação, finalizar tudo com novecentos reais" que falei que não tinha.

E, terminando, para provar sua boa fé, já que eu só tinha 750, cobriria a diferença.

Detalhe: os números não eram redondos mas talvez R$ 3.498,20.

Só me acalma pensar que economizei setecentos e cinquenta.

DIN TORÁ

Quinta-feira de manhã nevada e sol, fui de metrô de Manhattan ao Brooklyn, desci em qualquer estação, indo atrás de judeus, só vi negros, tinha três ou quatro endereços, comecei a andar. Fiquei o dia inteiro no bairro.

Descobri que estava longe, contratei um táxi por hora, ficamos rodando, Sherlock Holmes, Borough Park, primeiro só passei em frente à casa onde acho que ele mora e depois fui à sinagoga do *Din Torá*, prédio de três andares, de uns cem anos.

Olha a situação: lidar com ortodoxos.

— Com cara de árabe.

— Mochila nas costas.

— Casaco largo.

Dentro um saguão vazio e duas escadas, uma de cada lado, cinco ou seis degraus, subi a esquerda, uma janela na porta, uma sala com *Haredim* estudando, no fim da outra escada uma porta aberta e outro grupo menor, pergunto pelo rabino, eles se consultam longamente em *ídiche* e me comunicam que ele não está.

— Vai ver que um deles era o rabino.

— Pensei nisso.

Um jovem, muito branco, terno preto, barba, *peiale*, chapéu, como todos eles, com a minha insistência, me leva por um corredor estreito, curvo, cheio de portas, até um escritório com móveis da Bessarábia, me deixa sentado lá sozinho e nada. Ligo do celular para o número de sempre e o telefone na mesa em frente toca.

Saio para pensar e almoçar e no táxi acabo contando que levei um golpe, estou atrás do cara para levar para um tribunal rabínico, já que não tenho dinheiro nem provas para a justiça civil e o motorista mexicano me fala que também é judeu, um judeu crente. Frequenta uma sinagoga evangélica.

— Eles se consideram judeus mas também que Jesus é o Messias. Começam com o judaísmo e a partir dai continuam no catolicismo.

— Você começando a montar a sua gangue.

— Cara de árabe, casaco largo, mochila nas costas, entrando com o mexicano judeu evangélico na sinagoga.

Voltei ao Brooklyn no dia seguinte para encontrar ele no noivado do filho, mas o noivado descoberto pela internet era de um sobrinho, não o encontrei mas o rabino estava lá.

Abordo com a calma possível e ele então conversa longamente a meu respeito em hebraico com duas ou três pessoas ao seu lado, e depois, de forma educada, me responde em inglês que sabe do meu caso, que ele não pode obrigar ninguém a participar desse tipo de julgamento e que eu precisaria de um rabino no tribunal.

— A Anna tem um primo que deu um golpe de milhões na Venezuela, fugiu para cá, não sei dos detalhes mas vendeu uns mesmos três ou quatro andares do prédio da Faria Lima esquina com a Gabriel, cada um para cinco ou seis pessoas.

— O caso Madoff.

— Blue Jasmine.

"Perguntar: qual o contexto da inserção desse tipo de texto nesse projeto literário? A ideia de contos que incluam as sugestões de um suposto editor é boa.

Dá ares metaficcionais, cria certo *poioumenon*, recurso usado quando a história tem como tema o próprio processo criativo (ver *Pale Fire*, do Nabokov, *Bartleby e companhia*, do Vila-Matas).

Sugiro inserir "Críticas" como uma espécie de prefácio ao livro, como se disséssemos ao leitor que essa publicação é resultado das modificações que foram propostas, enxugar completamente o primeiro parágrafo e usar menos elipses como: "Sherlock Holmes, Borough Park".

Seria interessante ampliar o texto dizendo com que o narrador não concordou".

SARAH

Com Hans desaparecido há dez dias na Argentina, Anna, quando "fica claro a necessidade de encontrar rapidamente a lápide", tem a certeza de que muito do que escutava tinha relação evidente com a lista de nomes próprios, termos e citações bíblicas que ela o ajudava a fazer.

Procurando nos Moleskines onde ele escrevia a lápis (só de grafite, começando com um ensaio onde narra exemplos e transforma em ficção), lhe chamou a atenção o relato da perseguição de uma mulher por um homem que "quer ser escritor, nunca trabalhou, *habitué* dos salões de Paris e que, logo depois da *Matsevá* da mãe, volta para o Bom Retiro, onde irá morar na rua dos Alemães até o fim da vida".

"De onze a quinze de agosto seguiu uma *cocote* francesa que ensaiava *Casa das Bonecas* no teatro da Sociedade de Auxílio Mútuo".

"A identidade da mulher é um mistério", seguia o texto.

Essa personagem, encontrou em um outro caderno, nasceu em Paris, viveu oitenta anos, muito para a época, e morreu no Rio de Janeiro.

Seus pais e avós eram comerciantes judeus de Amsterdã, passou a infância em Londres cuidada só por babás e mordomos, a adolescência num colégio de freiras e aos quinze anos foi "introduzida pela mãe à vida de cortesã de luxo".

Sua mãe tinha um salão em Paris onde recebia Eduardo VI e Napoleão III, foi amante de Gustave Dorè e Victor Hugo, teve com o príncipe de Ligne um filho que a acompanhou toda a vida, representou Shakespeare, encenou três mil vezes *A dama das Camélias* em todas as capitais do mundo, foi enfermeira na guerra Franco-Prussiana, cruzou o cabo Horn, morreu se apresentando numa cadeira de rodas no Teatro Municipal do Rio.

Ignatz só errou no cemitério, eles estavam procurando em Cubatão, mas era o de Inhaúma.

MENDES SILVA

Recentes pesquisas históricas revelam que o famoso bandeirante Mendes Silva era o nobre *sefaradim* Maurice Khmeso, tido, desde a infância, como um *Lamed Vovnik*.

Nasceu no Chiado, em Lisboa, de uma família descendente do rei David, em 1499, na casa de sua avó materna, depois presa por seis anos com a sua mãe, condenadas por judaísmo, queimadas vivas num auto-de-fé.

Aos dezesseis, na condição de *Bnei Anussim* (hebraico: filhos dos forçados), ou marrano (espanhol: porco), migra para a Paraíba, Pernambuco, Bahia, Rio de Janeiro, Capitania Hereditária de São Vicente (onde o Capitão Mór Jerônimo Leitão era casado com sua tia Inês Mendes, de família extremamente ortodoxa). Chega à vila de Piratininga. Torna-se um paulista.

Metade dos migrantes brasileiros eram marranos e a outra metade, portugueses, galegos, castelhanos, bascos, genoveses, sarracenos, napolitanos, toscanos.

A partir daí a história é conhecida em várias versões.

Mendes Silva teria sido proprietário de engenhos de cana, plantações de milho e feijão, imóveis, cavalos, índios, minas de ouro.

Mas como ele se tornou um importante bandeirante?

Ele conheceu em Ouro Preto, "uma cidade judaica", na rota do ouro, Tijuco, Rio das Mortes, Ribeirão do Carmo, verdadeiros *shtetls* tropicais, uma advogada espanhola, "feições quase árabes".

Nas casas e nas ocultas sinagogas "guardavam o sábado, jejuavam no *Yom Kipur*, comemoravam a Páscoa", haviam "restrições alimentares" e *bar mitzvás*, casamentos, *shivás*.

Falavam ladino.

Cercados, se não me falha a pesquisa, de índios Puris, Caetés, Cataguazes e Guarulhos.

Mendes Silva, na comunidade marrana, era conhecido como MS e assinava com a letra hebraica Kaf.

E era Cavaleiro Real e Guarda Mor das Terras de Piratininga.

Nessa parte da história, segundo anotações do seu filho, ele vinha organizando a Segunda Bandeira, talvez, desde o princípio, um pretexto para esse encontro com Dona Leonor.

E também, "certamente" segundo o filho, tudo isso faz parte de "um mistério em relação a sua vida": não há nenhum documento a seu respeito em 1531 e 1532.

Ele teria estado em Portugal, "encarregado de uma missão em grande parte secreta".

As Bandeiras foram formalmente criadas por um Mando Real.

Essa era composta por novecentos paulistas bem armados e três mil índios, divididos em oito companhias.

O destino era o Guaíra, hoje Paraná, a fronteira do Tratado de Tordesilhas, para expulsar os jesuítas espanhóis, capturar índios e ganhar território.

Seguiu com a vanguarda, que, livre de quase todo equipamento, ia depressa.

Antes, do porto de Piratininga, desceu o rio Tiête, atravessou o Mato Grosso, chegou ao Madeira, ao Amazonas, a Quito.

Desde o começo dos *pogrons* em Portugal, quando MS era criança e o rei Dom Manuel decretou o confisco dos judeus menores de quatorze anos (sua distribuição foi feita entre famílias católicas), haviam passados quarenta anos.

Da morte de sua mãe e avó até estar de frente com esses mesmos jesuítas, uma geração se passou.

Esses padres da Companhia de Jesus eram os "comissários" da Inquisição na América.

Os bandeirantes demoliram as igrejas e os mataram.

Os jesuítas apontavam os paulistas como "judeus encobertos".

Uma condenação ordenada por Felipe 6, rei da Espanha, determinou que MS fosse entregue ao Tribunal do Santo Ofício da Inquisição.

Ser judeu era crime inafiançavel, o réu era considerado culpado até provar o contrário.

A pena era o confisco do patrimônio, a sumária deportação para Portugal, tortura (quando a confissão não era obtida) e morte na fogueira.

(Sugiro uma pesquisa quanto aos "instrumentos de tortura")

Os que aí se convertiam ao cristianismo eram primeiro mortos e depois queimados.

Senão eram queimados vivos.

Os *Anussim* diluíram-se na população mas hoje, quinhentos anos depois, na Serra de São Miguel, floresta e caatinga, no extremo oeste do Rio Grande do Norte, na vila Venha Ver (de *Chaver*: amigo?), seus oitocentos habitantes, agora evangélicos, conservam o costume de "esperar a primeira estrela no céu, não comer certos alimentos como carne de porco, não misturar carne com leite, vestir a melhor roupa na sexta-feira, enterrar os corpos só envoltos na mortalha, colocar pedras em túmulos, rezar numa língua estranha".

BETSABÁ

Além dos filhos que teve com as "concubinas", David teve outros quinze de várias esposas "legítimas", em Hebron, onde reinou por sete anos, e em Jerusalém, onde reinou por mais trinta e três.

Quatro com Betsabá: Simeia, Sobate, Natã e Salomão.

Betsabá: cananéia, natural de Gilo, filha de Eliã, "beleza incomum", casada com o seu general heteu Urias, futura "mãe da dinastia sagrada".

Segundo Harold Bloom, a primeira escritora da *Torá*.

Do pátio do palácio, David "vê o seu banho" numa casa vizinha, ficou "encantado", mandou busca-la, e "se deitou com ela".

Ela engravida e ele manda Urias à morte.

Mensagem de David à Moabe, o comandante do exército na guerra contra os filisteus:

"Ponde a Urias na frente da maior força na batalha e deixa-o sozinho para que seja ferido e morra".

Detalhe: entregou a carta lacrada ao próprio Urias.

Apesar da pouca elaboração narrativa, MS poderia ser avisado disso por Anna, dama na corte de Israel, revoltar-se e galopar até o acampamento no rio Jordão.

AO SOM DE T. REX

Anna vê uma grande semelhança entre esse convite, o encontro para a leitura dos contos do Hans, ótima ideia de um sarau na casa do editor, e o convite para o Peter Sellers no Convidado bem trapalhão.

Foi um engano.

"Eu penso que quiseram fazer uma brincadeira para agradar, falaram achando que estavam sendo engraçados.

Não são más pessoas, não falaram para intimidar.

Ninguém lhes dava muita atenção e depois que apareceu o baseado, perderam a paciência, e aí a brincadeira.

Quiseram ser agradáveis, claro que era difícil, beberam muito, não fumaram e deveriam ter fumado, experimentado, a festa estava ótima.

Chegaram cedo, todo mundo sóbrio, ficaram conversando entre si, nós chegamos, saí para o jardim com a Sarah para fofocar, calor, lua cheia, jabuticabas sendo comidas da árvore, e aí vi o baseado sendo passado.

Falei para ela: Não vão acreditar. Você vai fumar?

— Adoraria, fazem literalmente trinta anos desde a última vez.

— No meio da festa?

— Aqui todo mundo fuma ou fumou, a maioria pela última vez há décadas, como o Obama, ou fumou mas não tragou, como o Bill Clinton, mas fumou.

E você entrou na do Ignatz, é melhor cortar essa história, vai por mim."

LAUDOS

Anna lendo o laudo da tomografia:

— Vou me encontrar com o Benno.

A INTERDIÇÃO

O texto considerado pronto, atenção agora ao prefácio, orelha, quarta capa, encontros com a capista, o projeto gráfico, e a interdição: dois contos são retirados do livro.

Personagens se insurgiram contra a história.

Bons diálogos perdidos:

— O que vocês fazem lá?

— Nós estamos num período sabático.

— Nossa, um ano sabático! Que bom.

— Nos mudamos de Nova York para Chicago, um bom lugar para se trabalhar com música.

— Um ano sabático! Sem fazer nada. Ainda bem que não sou eu quem paga as contas.

Sarah ficou incomodada, claro, começou a se justificar, "tivemos problemas com nosso negócio em Borough Park…"

Foi aí que ela falou do livro que o marido está escrevendo?

Descrições de ambientes:

Numa linda cobertura, Jardins, varanda com vista para a Avenida Paulista, a sala envidraçada, pé-direito alto, poucos móveis, bons quadros, Soft Classic Rock, Double Blacks, hambúrgueres *kasher* feitos pelo anfitrião.

Conversas sobre Coimbra, para onde Lotte está indo, Porto e Lisboa, passeios, restaurantes, cafés, museus, os rios Montego, Douro e Tejo, a invasão napoleônica, Dom João, Saramago e Camões, o fado, "uma música onde as mulheres põem as emoções para fora, o tango deles..." e aí foi interrompida quando, com essa transição do fado para o tango, e Borges, começava a falar sobre Buenos Aires, mas conseguiu prosseguir mas sobre ser *goy* e ter se convertido ao judaísmo quando conheceu o Sobel, "um líder", Vladimir Herzog, o episódio das gravatas, sua família, de problemas financeiros, de estar otimista com a mudança para Tbilisi.

Boas pessoas.

"Quanto às vinhetas, sugiro apenas na primeira tirar o "de bom", ficando "não acrescenta nada para o leitor".

Em relação ao título, se segure na cadeira, sugiro algo mais bombástico e em contraponto ao judaísmo do texto.

Minha sugestão é *Xô, mangalô três vezes*.

Na verdade a expressão popular é 'Saravá, pé de pato, mangalô três vezes'.

Para justificar o título, a expressão pode ser a última frase do livro."

Quando resolveu publicar o livro, Anna viu que "os manuscritos tinham inúmeros cortes e acréscimos, foram adicionados parágrafos inteiros, setenta por cento de alguns contos cortados, um tinha sete páginas a menos, nomes de personagens modificados, títulos alterados, dez finais foram rescritos".

Este livro foi assumido "como ficção"
e impresso em Abril de 2015, para a Editora Reformatório,
longe da "neblina de cristais" e da "aurora astral".